划桨入海

[美]霍林·克兰西·霍林 文·图

周莉 译

人民文学出版社 天天出版社

著作权合同登记：图字 01-2015-8468

PADDLE-TO-THE-SEA by Holling Clancy Holling

Copyright ©1941 by Holling Clancy Holling

Copyright ©renewed 1969 by Holling Clancy Holling

Published by arrangement with Houghton Mifflin Harcourt Publishing Company

through Bardon-Chinese Media Agency

Simplified Chinese translation copyright @2016 by Daylight Publishing House

ALL RIGHTS RESERVED

图书在版编目（CIP）数据

划桨入海 / (美) 霍林·克兰西·霍林著绘；周莉译. -- 北京：天天出版社，2016.10

（大自然旅行家）

ISBN 978-7-5016-1164-5

Ⅰ. ①划… Ⅱ. ①霍… ②周… Ⅲ. ①儿童文学—中篇小说—美国—现代

Ⅳ. ①I712.84

中国版本图书馆 CIP 数据核字 (2016) 第 204059 号

责任编辑：蒋 喆　　　　　　　　　美术编辑：邓 茜

责任印制：康远超 张 璞

出版发行：天天出版社有限责任公司

地址：北京市东城区东中街 42 号　　　　邮编：100027

市场部：010-64169902　　　　　　　　传真：010-64169902

网址：http://www.tiantianpublishing.com

邮箱：tiantiancbs@163.com

印刷：北京利丰雅高长城印刷有限公司　　经销：全国新华书店等

开本：889×1194　1/16　　　　　　　　印张：3.75

版次：2016 年 10 月北京第 1 版　印次：2017 年 7 月第 3 次印刷

字数：60 千字　　　　　　　　　　　　印数：15,001-20,000 册

书号：978-7-5016-1164-5　　　　　　　定价：25.00 元

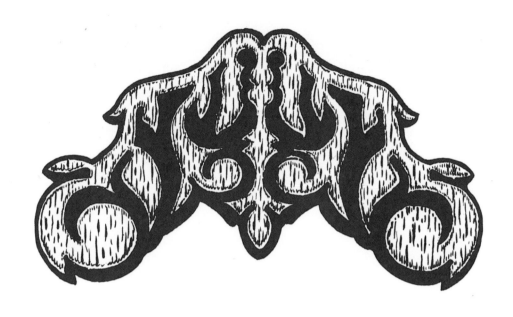

献给

约翰·亨利·查普曼

我与他的父亲曾多次在五大湖的浪峰、浪底和浪间荡桨而行

目录

一　划向大海的桨手

加拿大的荒野白雪茫茫。苏必利尔湖以北，常绿的树木全戴上了雪白的兜帽，披上了银色的外衣。云层毯子一般沉沉地垂在绵延的山丘上。世界静悄悄的，没有一丝动静，灰色的孤烟也像柱子一样笔直挺立，为山谷中的小木屋撑起了天空。

忽然，远处传来了声响。声音越来越响亮，从头顶掠了过去 —— 那是大雁嘈杂的鸣叫。"大雁！"站在小木屋门口的印第安男孩惊呼道，"它们回来得好早。我得加紧做完我的桨手了！"

男孩回身朝铺在火边的熊皮袍子走去。多日来，他一直坐在袍子上削凿着一块松木。现在他默默地继续工作起来。他弓身凑近火，烧熔了铁勺中的铅。然后，他将铅水倒入松木上的一处小洞内冷却凝固，又在松木的一端固定了一块锡。最后，他拿出油漆，用刷子仔细地涂抹起松木来。

男孩终于满意了。他放松地跪坐在脚跟上，在他的身前躺着一艘一英尺^①长的独木舟，样子很像他父亲外出时载满包裹和给养的大桦皮舟。舟底有能使船头保持正直的锡质方向舵，还有压舱的铅块——能将舟底压进水面之下，并使小舟在倾覆后能重新翻转过来。小舟中央略靠后的地方跪坐着一个手握船桨的印第安人偶。舟底刻着这些字样：

请将我放回水中，我是划向大海的桨手。

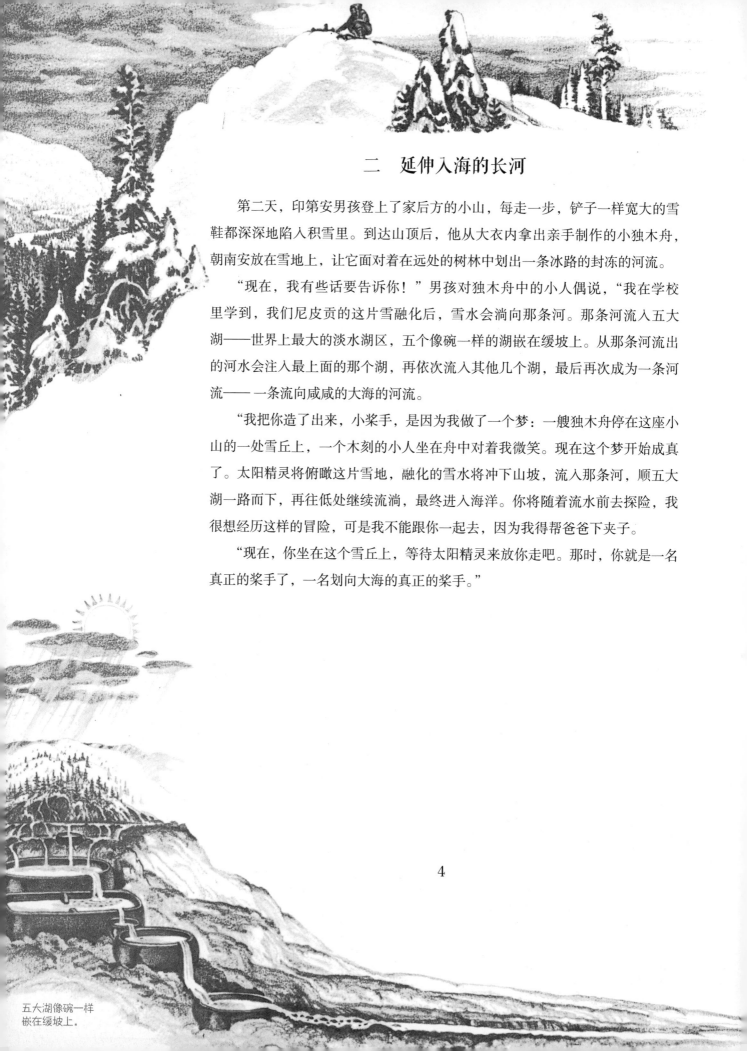

二　延伸入海的长河

　　第二天，印第安男孩登上了家后方的小山，每走一步，铲子一样宽大的雪鞋都深深地陷入积雪里。到达山顶后，他从大衣内拿出亲手制作的小独木舟，朝南安放在雪地上，让它面对着在远处的树林中划出一条冰路的封冻的河流。

　　"现在，我有些话要告诉你！"男孩对独木舟中的小人偶说，"我在学校里学到，我们尼皮贡的这片雪融化后，雪水会淌向那条河。那条河流入五大湖——世界上最大的淡水湖区，五个像碗一样的湖嵌在缓坡上。从那条河流出的河水会注入最上面的那个湖，再依次流入其他几个湖，最后再次成为一条河流—— 一条流向咸咸的大海的河流。

　　"我把你造了出来，小桨手，是因为我做了一个梦：一艘独木舟停在这座小山的一处雪丘上，一个木刻的小人坐在舟中对着我微笑。现在这个梦开始成真了。太阳精灵将俯瞰这片雪地，融化的雪水将冲下山坡，流入那条河，顺五大湖一路而下，再往低处继续流淌，最终进入海洋。你将随着流水前去探险，我很想经历这样的冒险，可是我不能跟你一起去，因为我得帮爸爸下夹子。

　　"现在，你坐在这个雪丘上，等待太阳精灵来放你走吧。那时，你就是一名真正的桨手了，一名划向大海的真正的桨手。"

4

五大湖像碗一样
嵌在缓坡上。

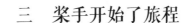

三　桨手开始了旅程

夜晚，林鼠蹑手蹑脚地爬上了小独木舟，兔子蹦跳到近处，雪鸮俯冲下来，只为了瞥小舟一眼。两头狼走来嗅了嗅桨手。后来又来了一只狼獾和一只黄鼠狼。

每天早晨，男孩来确认桨手安全无事的时候，总会发现雪地上的各种痕迹，不过他知道桨手并不会被吃掉，因为他只是上了油漆的木头。

这段时间以来，世界正在变化。空气变暖了，桦树的嫩枝长出了新芽。一根木头边的积雪被一头驼鹿刨开，露出了绿色的苔藓和小星星般的藤地莓。一天早晨，灰色的云层飘离了天空，迸现的太阳在连绵的山丘上方温暖而明亮。在阳光的照耀下，冷杉林上的雪花毯塌了下去，各处的积雪都在渐渐消融，沉甸甸的水滴坠落的滴答声不停。

桨手身下的雪丘开始塌陷。

第二天早晨，雪丘已经彻底开裂，独木舟成了一座小桥，横跨在雪中深深的窄峡上。但随着时间一小时又一小时地过去，小舟不断地朝前方倾斜。

男孩穿过滑腻腻的土地飞跑而来，恰好目睹小舟滑入了流水中。入水的小舟沉入水中，底部朝天浮到水面上，然后自行翻转过来，在男孩的注视下投身向前，跃上了溪水的浪尖，被冲下小山。

"哈！"男孩叫道，"你的旅程开始了！再见，划向大海的桨手！"

四 溪水与河狸的池塘

积雪的峡谷侧壁陡峭，小舟顺着峡谷疾驶而下。忙碌的溪水阻拦它、推送它，把它翻入浪下，又扶它继续前行，最终将它投进了一个安静的池塘。

这个池塘是河狸在木头和树枝上敷抹泥浆、构筑堤坝创造出来的。为了构筑堤坝，河狸啃倒了许多树木，树木的残桩在岸边随处可见。河狸的家建在池塘中央，那是一座由树枝构成的岛屿，入口在水下，能使河狸安全地躲开敌手。岛内，在水平面上方的架子上，用柔软的灯芯草搭成的窝始终干燥而温暖。

一只老河狸悄然潜出水面，水珠从它光滑的身上滴落下来。它要坐到房顶上去，在太阳底下挠痒痒。一头雄鹿蹚入池塘的浅滩，它只有一支鹿角，那支鹿角的重量迫使它歪着头行走。雄鹿用力一顶，用鹿角撞击树桩。鹿角轻松脱落，坠入泥中。雄鹿摇摇脑袋，带着摆脱重负的喜悦跃入林中。到了秋天，它会再长出一对新的"武器"。一只水貂从正在消融的雪丘上扎入水中，捕上来一条鱼。一只麝鼠从漂浮的小舟边游过，消失在枯黄的灯芯草丛中。在一段木头上，一只臭鼬与一只豪猪相遇了。两只动物双双露出厌恶的表情，各自转过身，迈着庄严的步子大摇大摆地走开了。

那天下午，猛涨的塘水冲开了河狸堤坝的一角，小舟混在枯叶间从缺口挤了出去。桨手自由了。小舟随着溪水继续疾驶，朝河流奔去。

8

五　开河

在温暖的一天——也许正是积雪融化，桨手开始旅程的那一天，尼皮贡河融冰解冻了。河流封冻了整整一冬，野生动物把它当作一条冰雪的小径，伐木工人则将它作为马匹和拖拉机进入林中伐木场的道路。不过，伐下的原木并没有以同样的方式被拖运到锯木厂，而是被伐木工堆放在封冻的河岸边，等待春天开河后由河水来运送它们。

现在河开了。上百条溪流涌入冰层下的河道中，水流从下方推挤着，强行将冰层往上抬。河岸如同地震一般震颤起来，河流上游和下游的冰盖全部碎裂，破开了一道道裂缝。碎裂的冰块开始朝下游漂去，速度越来越快，一条白沫翻涌的河流在曾是封冻小径的地方咆哮着穿林而出。

桨手的小舟跟随溪流一路奔走，终于随着最后一个飞跃射入了河水的急流中央。冰块和伐下的原木从四面八方挤压过来，桨手一次又一次地闪避，飞速前行。河流绕过了一处弯道，前头的原木和冰块一个突降，没有了踪影。桨手也俯冲向前，穿过水雾，落下了瀑布。

在桨手依然头部冲下，扎在水中的时候，紧随其后冲下瀑布的一根原木沉重地砸在了小舟上，小舟被揳在了粗糙树皮的裂缝中。原木被急流冲走时，倾覆在水下的小舟也被它带走了。

六　桨手在锯木厂的遭遇

卡住桨手的原木厚达四英尺，冰块和木头撞击着它，但它吃水很深，小舟被安逸地护在下方，完全没有危险。几小时过去了，几天过去了，一段日子后，河流扩展成了散布着小岛的河湾。冰块已经融化，河工们穿着钉靴跃上一根接一根的原木，用长长的钩杆将它们捅向锯木厂。

锯木厂是建在河岸上方桩柱上的一大片红色建筑。主建筑内锯木的大嘴洞开，原木溜槽宛如一条巨大的舌头，从那张嘴里伸出来，探入水中舔着。溜槽的中央爬着一条布满长钉的沉重链条，链条绕过一处滑轮后又返回河中。它叫传送链。河工将原木推到长钉上，让钉子钩着木头升上溜槽，进入洞开的嘴里。嘈杂的吱吱声从锯木厂内传出，还会不时变为尖锐刺耳的声响，那是大锯在工作。

长钉扎入了桨手所在的那根原木。粗大的树干一个翻滚，将桨手翻转过来，挂着河水沐浴在阳光中。桨手在河工们吃惊的叫声里乘着原木上了传送链。在传送链顶部，他被拉过一道门，上了一个样子很像平板车的搬运工具。他的前方是由薄钢制成的环形带锯，带锯运行的速度极快，使得锯齿成为了一道残影。桨手搭乘的原木被推向饥饿的大锯，越来越近，越来越近……

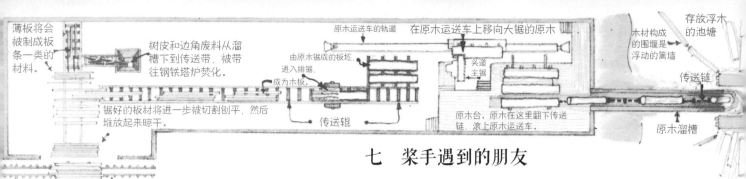

薄板将会被制成板条一类的材料。

树皮和边角废料从溜槽下到传送带，被带往钢铁塔炉焚化。

锯好的板材将进一步被切割刨平，然后堆放起来晾干。

轨道上用来搬运板材的板车

原木运送车的轨道　在原木运送车上移向大锯的原木

由原木锯成的板坯进入排锯，成为木板。

传送辊

吴道主锯

原木台，原木在这里翻下传送链，滚上原木运送车。

存放浮木的池塘

木材构成的围堰是浮动的篱墙

传送链

原木溜槽

锯木厂简图

七　桨手遇到的朋友

大锯劈入了桨手搭乘的原木的顶端，锯齿的残影不断逼近。一只手猛然抓走了桨手。

"好家伙！"救下桨手的锯木工叫道，"瞧瞧传送链送上来了什么！要不了一会儿，他就会像鱼一样被片成两半了。在那儿坐坐吧，朋友，晚上把你带给我的小亨利！"他说着话，将木雕搁在了架子上。

巨大的原木不断前移和后退，每前移一次便被带锯切透一次。锯下的宽大板坯滑落在传送辊上，被送往其他锯床，从那里出来的就是一块块木板。工人们用平板车将新锯出的板材推走，卸在锯木厂外，高高堆起，看上去很像街边成排没有上漆的房屋。

下班后，工人们围观了桨手，他乘着原木进锯木厂的方式让他们感到很好笑。救下桨手的法裔加拿大人看到了小舟底部的留言——有人希望这个小人偶能漂进大海。让儿子亨利看过后，他会把小舟抛回河里去。不过，不行——要是不让亨利留着，亨利会哭的。好家伙，最好还是压根别告诉他！

回家的途中，锯木工停在被暮色浸染的桥上，在舟底又刻了几个字。现在，舟底的文字是：请将我放回水中，我是划向大海的桨手。始发地为加拿大尼皮贡。

锯木工把小舟抛下了桥。"祝旅途顺利！"他目送着河流将桨手带入了夜色，说道。

八　苏必利尔湖

接下来的几天，桨手与朽木、锯屑和木板的残片一道在湍急的河水里漂浮。后来，河面变宽，成了一片岛屿众多的水湾。桨手从一群岛屿边漂过，最终孤身浮在世界上最大的淡水湖——苏必利尔湖上，四周再不见陆地的影子。

余留的只有天空、太阳、群星，以及悄悄滑入小舟身下的黑色波谷或将其高高托起的蓝色浪峰。桨手在白沫中驾着小舟，从还没来得及向天边翻滚而去的波谷和浪峰上驶了过去。

不过，桨手在苏必利尔湖上并不是完全没有伴儿。在一个宁静的夜晚，小舟突然飞起，射入空中，落下后又被高高抛起。一条大鱼玻璃珠般的眼睛从水下紧盯着桨手，然后不见了。大鱼袭击了闪亮的锡质方向舵，但桨手不是入得了口的食物。还有一晚，一只娇小的莺鸟从空中扑降下来，在小舟上坐了一整夜，把桨手压得险些歪到水里去。这只因飞越大湖而疲惫不堪的小鸟及时找到了歇脚处。日出后，它便展翅飞走，继续旅程了。

鱼儿在桨手身下游动，海鸥在他头顶翱翔。一艘艘船只拖着黑烟顺畅地滑过了水面。一切都有去处，除了桨手——他似乎一直坐在一个地方上下颠簸。其实这段日子以来，桨手一直在行进。流水带他绕过了河狸池塘的堤岸，现在也正以同样的方式在苏必利尔湖中推送着他。此刻桨手在往西漂流，总有一天，他会在湖岸水流的引导下再度绕往东方。流水将稳定而确实地推送他前行，继续去往海洋。

桨手现在所在的位置

水流

水流

16

九 桨手穿越国境

一天夜里，桨手经过多处影影绰绰的岛屿，早晨时已进入了开阔的桑德贝。一艘艘巨大的船只驶来，把水搅出了绿色的泡沫，激起的水浪不断将桨手扑倒。

参差的建筑城堡般延展在地平线上，它们是搭建在阿瑟港和威廉堡的巨型升降机。火车从加拿大西部的平原运来了成山的谷物，堆满了阿瑟港和威廉堡。此刻从桨手身边驶过的众多船只将把这些谷物运去其他的湖区港口和大陆，这些谷物将被做成供给上百万人的面包和点心。

一股从北方吹来的微风挥动鞭梢，驱赶着身前长长的水波。浮木紧追着波浪，一段雪松的残桩朝着桨手急冲上来，将桨手挂在了两根枝条之间。雪松的根须翘在空中，构成了一面船帆，桨手被带着轻快地赶了好几天的路，直至最终与树桩一道被甩上了岸。虽然没有任何标志，但是桨手和树桩已经越过国界，离开加拿大，进入了美国。雪松的残桩卡在了沙堆里，桨手则被震了下来，随白沫翻涌的拍岸浪潮在湖滨上下漂浮。这段湖滨上有一道沙堤，阻拦一片湿地将水注入苏必利尔湖。一个大浪将桨手托过了这道阻碍，推入了一处潟湖。

那片湿地的另外几边由杂乱的密林构成。潟湖水面上躺着睡莲的叶片，桨手的小舟落在了其中一片莲叶上。湿地的潟湖非常宁静，空气是薄荷、冬青和松针的味道。在不安的波涛上漂浮两个月以后，桨手停了下来。

18

十　湿地中的生命

　　湿地是有生命的：蜻蜓和蝴蝶在阳光中起舞；乌龟趴在枯木上，仿佛成排的纽扣；青蛙被潜行的苍鹭吓得四处乱跳；毛茸茸的小野鸭急切地啄食着小虫；啄木鸟、翠鸟和披肩松鸡各自发出热闹的叫声；一头母驼鹿带着幼崽在潟湖中戏水，驱赶苍蝇。

　　离桨手不远的地方，一头现下已经长出新角的公驼鹿正把脑袋深深地扎在水下，嚼食着睡莲的根茎。它拽开了桨手小舟下方的莲叶，给了桨手自由，让他得以在湖面上被风四处推行。

　　好些天过去了。在日光晴好的时候，松鼠们会在松树上聊天，花栗鼠们则在高高的岩石上对骂。不过在母熊带着双生子来水中玩耍的日子，松鼠和花栗鼠都一声不吭，鸭子们也转移到了安全的地方。熊崽在泥中抓捕着小龙虾和青蛙，母熊则蹲坐在潟湖中一处深潭边的岩石上，将一条黑鲈一掌拍上了岸。吃过这一顿野餐后，三只熊又一起撕扯开朽烂的树桩，觅食肉虫和甲虫。

　　桨手本可能会被永远地困在湿地中，但是在一个群星隐藏的夜晚，雷声轰鸣，闪电携带着火光劈开了黑夜。一只浑身滴水的猫头鹰疯狂地拍打双翅，扑入林中避雨。鸭子们大声地嘎嘎叫嚷，将它们的孩子聚拢在被苔藓覆盖的堤岸下。一只被雨水打得浑身透湿的麝鼠蹒跚着钻入中空的圆木中，一脸郁闷地坐了下来。

　　雨水织成了一挂厚实的雨帘，湖水一寸寸地升高。沙堤的一段崩塌了，浮木、破碎的睡莲叶，以及一个个由西洋菜堆成的小岛奔涌而出，冲向苏必利尔湖。桨手又一次踏上了去往大海的旅程。

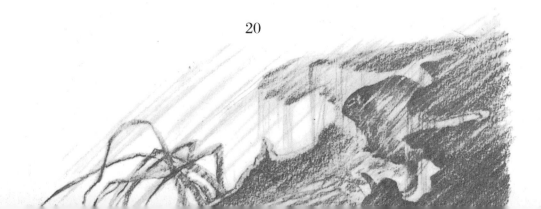

十一　桨手找到了苏必利尔湖的一端

桨手沿着苏必利尔湖的北岸持续西行。有些时候，湖水的急流以每小时一英里的速度推着他前行。另一些时候，风儿反向拖拽着他，使他偏离航道，他得花费五个小时才能走上一英里。

苏必利尔湖的北岸一片荒凉，然而桨手从不孤单。在一处处嶙峋小岛上筑巢、从岩石上飞起时如烟云般的鸥群陪伴着他。一些印第安人划着独木舟行驶在湖湾之间。生活在岸边棚屋中的渔民们展开渔网晾晒。偶尔，陆地上黑色松林延伸出的线条会被积木一般的城镇打断。有时，林中暗藏的湖泊淌出的河流会以瀑布的形态破开崖壁，仿佛一段段巨型的银色阶梯。夜晚，潜鸟在湖中悲伤地鸣叫，狼群在岸上回以长嚎。

潜鸟

在离开湿地两个月后，桨手来到了苏必利尔湖极为狭窄的最西端，一座座桥梁在那里飞跨两岸。桨手最先到达的是明尼苏达州建在小丘上的港口城市德卢斯，随后他漂过一条宽阔的河流，来到了威斯康星州平原上的港口城市苏必利尔。在这些港口城市，不少船只装载着成桶的黄油、成箱的鸡蛋和成盒的蔬菜，还有一些船上高高地堆着要运往遥远城镇的木材，但是码头上多数的船卸下的是印第安纳州和俄亥俄州的煤炭，重新装载的是铁矿石。桨手撞在了一处长码头的桩基上。在离他头顶较高的地方，一列火车正将铁矿石通过管道卸入船舱。这种将每样东西都染得通红的矿石是火车从一个巨大的铁矿场运来的，正是这个矿场使这片地区出了名。

桨手在一处码头下砖红色的水中漂浮着，红色的粉尘撒落在他的身上。

22

在矿台装载铁矿石的货轮

十二　落入渔网

"几周里数这回捞得多！"一个男人说道，"这还不算完——瞧！我们甚至网到了坐着小木舟的红皮肤的印第安人！"

被铁矿石染成红色的桨手从苏必利尔往东行进了一个星期，这会儿已经漂抵苏必利尔湖最佳的捕鱼地之一——阿波斯尔群岛，被渔民们布下的其中一张渔网缠住了。木质浮子将那些渔网的上缘托在水面上，铅锤的重量则拉着下缘，使渔网像围墙一样坠在水中。两个乘着汽船的男人把桨手拖上了船，比桨手的小舟大两倍的鱼在桨手周围翻腾。鱼的数量多极了，湖鳟和白鲑从一个个大箱子里溢出来，泄入船中，最终没过了那两个男人的膝盖。

两个男人只是停下看了桨手一眼。等所有的渔网被拉上船后，汽船向一座岛屿飞驰而去，在一处晃动的码头上系上了缆绳。又有三个男人带着他们的老婆、五条狗和两只猫下来帮忙。在码头上清理鱼是一桩脏乱的活计，但是猫和狗满心欢喜，扔进水中的鱼杂则下了贪婪的海鸥们的肚子。每个人都急匆匆的，新鲜的鱼要赶紧塞在碎冰里，存放到棚屋里去。

存放了最后一条鱼以后，那群渔民中的一个四下张望起来。"我们捞的另外那条鱼哪儿去了？"他问道，"那个坐着小舟的印第安人？"可是，桨手不见了。他已经在适才的忙乱中，从码头上的一处孔洞滑入了水中。

渔民们把渔网从船上取下来，展在一个个巨大的轮轴上晾晒修补，然后将新的渔网装上船，轰鸣而去，准备再度下网捞鱼。一艘大船驶来，它要将存放在棚屋中的鱼载去陆上，运往多个远方的市场。桨手已经被遗忘了。

HOLLING

十三　再度漂流

风暴横扫大湖，掀起的大浪将被困在码头下方的桨手冲了出来。随后的一个月内，桨手漂行了三百英里，风暴几乎一路相随，在他航行的水道上来回穿行。在一个暴风雨的午后，一道黄色的电矛击中了悬崖上的一棵树，将它从头到脚彻底劈裂。

雕刻出桨手的男孩本来可以告诉桨手，老一辈的印第安人相信雷鸟攻击猎物时会放出闪电，滚滚的雷声则源于它巨翅的拍击。可男孩上过学，他能够向桨手讲清楚，河流如何转动发电机，强大的电流如何从发电机产生，又如何沿铜质电缆去为千家万户照明，使工厂和广播设备运作。然而男孩此刻还在远方，而桨手正沿着长河驶向大海。

没有风的时候，水流带着桨手一路向东。有一阵子，桨手的眼前毫无陆地的踪迹，因为他航行在苏必利尔湖的主航道上。一艘艘大型货轮从他的身边驶过，在货轮的尾波中，他又玩起了绕圈圈的游戏。他经过了富产铜矿的地区——基威诺半岛。很久以前，印第安人曾经在这里开采过铜矿，用来制作匕首和箭头并进行交易，远达墨西哥。现如今铜已被制成锅、电缆、一美分的铜币等各种物品。

驶过基威诺半岛后，桨手屡次被冲上湖岸，但每一次都被风暴再度抛回湖中。在风暴的间隙，狼群在苍白的冷月下长嗥、狩猎；狐狸在湖滨搜索，寻找被浪甩上岸的鱼儿；长出新角的雄鹿和没有角的雌鹿下到湖边；成群的野鸭聚在一片片湿地中。秋天来了。

十四　船难

一天，桨手遭到了苏必利尔湖著名的深秋风暴的突袭。他被一个个涌着白沫的波峰盖没，又消失在一道道深深的浪谷中。浪如同狼群一般竖起鬃毛奔涌着，狂风抽打着它们，使它们一波大过一波，直至成为比房屋还要高的巨浪。打在桨手身上的浪瞬间便冻成了冰。

不远处，一艘货轮从风暴中缓缓而出。令深秋跑船的船长和水手们个个都害怕的寒冰已经把船冰冻成了一块毫无形状可言的庞然大物。船颠簸摇摆着，似乎已经失去了控制。

突然，在前方的黑暗中，一点星光明明灭灭地闪动起来，是灯塔在用信号通知：救援队即刻就到。在遭遇灾难的水手们朝着希望之地努力的时候，货轮也似乎觅得了新的力量。一艘救生艇出现了，缓缓地朝货轮划去，宛如一只朝巨鲸游去的水甲虫。一根盘起的救生索飞速射出，打着旋儿飞过冰冻的甲板，被水手们接住。一根结实的缆绳随即被吊上船，救生艇拖着缆绳的另一端离去了。货轮猛然直立起来，又沉重地砸下，把桨手高高地甩向空中。船员们在货轮断为两截的一刻，顺着甲板冲上船头。锅炉轰然爆炸，船尾的半截在多次的爆炸中，沉入了白沫翻涌的海水，但船头那一端架在了嶙峋的礁石上，人们像精疲力竭的苍蝇一样紧攀在上面。

桨手被浪涛冲往前方，滑上了灯塔和湖岸护卫站附近的湖岸。刚才连在遇难货轮上的救命的缆绳已被拉到了岸上。一个男人被滑轮挂在缆绳上，悬在扑起的大浪上方，通过裤型救生圈被吊拉上岸。一趟又一趟，失事货轮上的船员们被救了上来。岸上的桨手也得救了，他逃离了苏必利尔湖冰冷的湖水和狂野的风暴。

十五　干船坞

"没错，我知道要是每半英里放一艘沉船，残骸能从串连的五大湖的一头排到另一头。可那没法叫我的心里头好过，因为我的船也跟它们一样进了戴维·琼斯的箱子！"失事货轮的船长对湖岸护卫站的队员们说道。在他们说话的时候，船员们换上了温暖的干衣服。

戴维·琼斯的箱子：水手的黑话，指水底。

获救的船员很快就坐着卡车走了。湖岸护卫站的队员们抽空端详了桨手。桨手是在船难后被发现的，他被搁在了桌上，在一堆图表和黄铜器械的中间。

队员们从刻在小舟上的字样了解到，桨手旅程的始发地在尼皮贡一带。根据他身上染着的红色矿粉的痕迹，他们推测他到过德卢斯附近。照地图推测，他应该已经漂流了近七百英里。

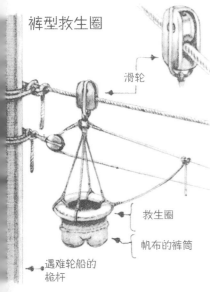

裤型救生圈

滑轮

救生圈

帆布的裤筒

遇难轮船的桅杆

"你还没算上他被风吹得到处打转走的路呢，"一个名叫比尔的队员说，"他更可能已经漂流了两千英里。毫无疑问，他需要整修。他是走了不少路，可还没有抵达大海。现在他得进干船坞修理，不然永远都到不了。"

桨手就这样得到了崭新的、不会生锈的铜质船舵，被重新上了色（小舟也被重新漆成了鲜亮的红色），还上了一层防水的船用清漆。最棒的是，一块厚实的铜片取代了舟底压舱的铅块。比尔在那块铜片上深深地刻印上了一些小字：

"我是划向大海的桨手，始发地为苏必利尔湖以北的尼皮贡。这块在原有信息上增添了新内容的铜片是在一场船难后于怀特菲什贝换上的。请帮助我继续探险。请在这块铜片上用金属尖头刻下我经过的城镇的名字，在合适的地点将我放回水中，让我继续向大海航行。"

十六　乘着狗拉的雪橇去苏城

桨手在湖岸护卫站待到了入冬，比尔才实施了他制订的计划。他给苏城的朋友打了个电话。

苏城是人们对苏圣玛丽的简称，这两个同名的城市以圣玛丽河为界，一个坐落在加拿大，一个在密歇根州。这里咆哮的水流太过湍急，船只无法通过，便借助建成的巨型台阶状的闸道，转道绕开急流，然后沿着圣玛丽河去往休伦湖。圣玛丽河封冻时，船只便停靠在苏城，等待春天开河。

比尔的朋友——一艘被冰困住的货轮上的大副接了电话。湖岸护卫站的队员们都聚拢来听。

"哈罗，马洛尼？我是比尔。嘿，上次那场船难后，我们捡到了一个乘着小舟的印第安人，走了两千英里从尼皮贡过来的。"为了让伙伴们听见，说完话的比尔晃了晃听筒。

"好家伙！"一个声音隆隆地传来，"他是怎么——"

"对了，"比尔继续说道，"他不说英语。既然你改天会跑去纽约州的布法罗，就带着他和他的小舟跟你——"

"嘿！"电话里的嚷嚷声响得能传到屋子的另一头，"我的货船不捎带乘客！印第安人——小舟——你疯了吗？"

"我会让他跟着你的老熟人——毛皮猎人皮埃尔过去。再——见！"比尔砰的一声挂下了听筒，"我想这会让他烦烦心。"他笑道。其余的队员都哄笑起来。

几天后，皮埃尔把桨手塞在成捆的毛皮底下，乘着狗拉的雪橇，动身奔往六十英里外的苏城。

HOLLING

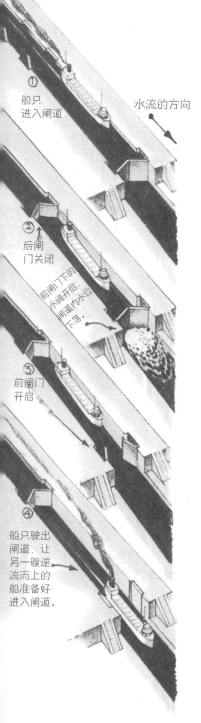

运河闸道的简图

① 船只进入闸道

水流的方向

② 后闸门关闭

前闸门下的水阀开启，闸道内水位下落。

③ 前闸门开启

④ 船只驶出闸道，让另一艘逆流而上的船准备好进入闸道。

十七　直下密歇根湖

在苏城，皮埃尔很快就找到了马洛尼的矿船。毛皮猎人踏进马洛尼大副的船舱时，他正在誊写报告。

"你？"马洛尼怒吼道，"出去！带着那个印第安人出去！"

"你捎上他和他的小舟吧。"皮埃尔拖长声调慢吞吞地说着，将桨手放在了桌上。

"什么？他人在哪儿？"马洛尼大副愕然问道。

晚饭时，他聆听了故事的始末。"好吧，你告诉比尔，我会把桨手平安地带到布法罗！"他笑道。

春天来了，马洛尼的船移入了一间巨大的水泥屋室中，屋室两头都装有坚实的铁门。屋室底部的多个阀门将水慢慢排出，大货轮随着水位降了下去。随着最后一道门的开启，桨手踏上了顺着圣玛丽河航行的旅程。不过这一段旅程并不去往布法罗。两天后，桨手到达了加里——密歇根湖最南端的轧钢之城。

在那里，马洛尼大副在小舟的铜片上将"印第安纳州加里"的字样刻在了"苏城"之后，然后将桨手塞进帆布水手袋，跟脏衣服一道打了包。卸下铁矿后，他的船要进干船坞去修理，他得换到钢铁公司的另一艘船上去。

一个笨手笨脚的甲板帮工在搬运大副行李的途中，失手将那个帆布袋落入了水中，被波浪远远地冲走了。马洛尼大副气得不停咒骂。下次他可怎么面对比尔？但是骂也没有用，船在等着呢。

在包里跟衬衫和袜子纠缠在一起的桨手就这样被丢下了。更糟糕的是，现在他在密歇根湖的最南端，偏离了去往大海的直接航路。

十八　桨手返回北方

　　距离帆布水手袋在加里掉下船已经过去了一周，被水浸得透湿的帆布袋漂上了岸，被几条玩闹的狗撕扯开来。桨手被一条小狗叼着在湖岸上来回奔跑。最终，小狗朝一波涌来的浪花汪汪大叫，丢下了桨手。

　　桨手又一次获得了自由，他将探索密歇根湖最南端的漫长湖岸。一座座沙丘沿着这片印第安纳州的湖岸向东延绵起伏，湖滨满是开春来游泳的人，随着波浪出现或隐没，桨手避开了那些人。

　　湖岸曲曲折折，慵懒的水流托着桨手向北而去。没有尽头的湖滨散布着废弃物，桨手不时被抛入成堆的卵石、贝壳、鱼骨、瓶子和浮桶的中央。箱子、断桨、带着弯曲长钉的横木和生了锈的铁链随处可见，有时还能见到曾经扬帆航行的船只的残骸。

　　到了夏季，桨手沿密歇根湖岸向北航行的旅途已经走了一半。途中他经过了一片片翠绿的牧场。牧场里，奶牛们站在溪水中，马群待在树荫下。热辣辣的微风掀起谷物的细浪，一架架风车哼唱着小调，满载干草的马车吱吱呀呀地响着进了宽大的谷仓。夏天渐渐走了，秋天来了。葡萄藤上沉甸甸地坠满了果子，果园里累累地结着苹果，山丘上是一座座用玉米秆搭起的印第安人的圆锥形帐篷，湖岸闪耀着带有秋天色彩的红和黄。

　　松林渐渐替代了农田，潜鸟凄凉的叫声充斥在夜间。桨手南下密歇根湖只走了两天，而回到湖的最北端，踏上去往大海的航路，却花费了他三个季度。

36

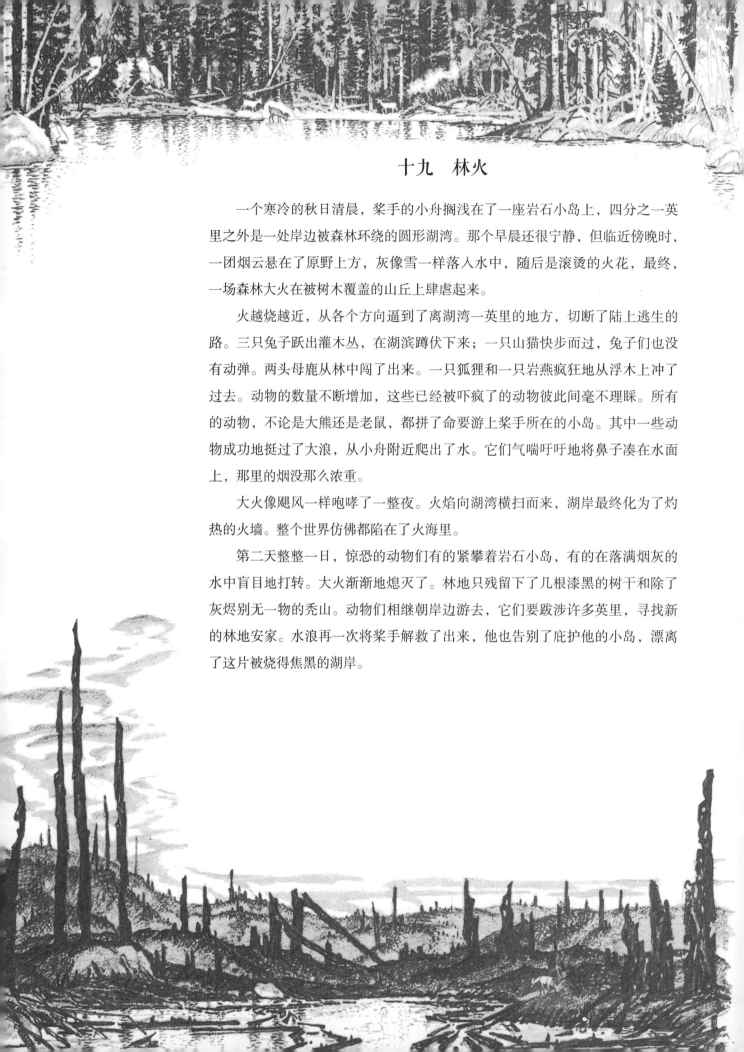

十九 林火

一个寒冷的秋日清晨，桨手的小舟搁浅在了一座岩石小岛上，四分之一英里之外是一处岸边被森林环绕的圆形湖湾。那个早晨还很宁静，但临近傍晚时，一团烟云悬在了原野上方，灰像雪一样落入水中，随后是滚烫的火花，最终，一场森林大火在被树木覆盖的山丘上肆虐起来。

火越烧越近，从各个方向逼到了离湖湾一英里的地方，切断了陆上逃生的路。三只兔子跃出灌木丛，在湖滨蹲伏下来；一只山猫快步而过，兔子们也没有动弹。两头母鹿从林中闯了出来。一只狐狸和一只岩燕疯狂地从浮木上冲了过去。动物的数量不断增加，这些已经被吓疯了的动物彼此间毫不理睬。所有的动物，不论是大熊还是老鼠，都拼了命要游上桨手所在的小岛。其中一些动物成功地挺过了大浪，从小舟附近爬出了水。它们气喘吁吁地将鼻子凑在水面上，那里的烟没那么浓重。

大火像飓风一样咆哮了一整夜。火焰向湖湾横扫而来，湖岸最终化为了灼热的火墙。整个世界仿佛都陷在了火海里。

第二天整整一日，惊恐的动物们有的紧攀着岩石小岛，有的在落满烟灰的水中盲目地打转。大火渐渐地熄灭了。林地只残留下了几根漆黑的树干和除了灰烬别无一物的秃山。动物们相继朝岸边游去，它们要跋涉许多英里，寻找新的林地安家。水浪再一次将桨手解救了出来，他也告别了庇护他的小岛，漂离了这片被烧得焦黑的湖岸。

二十　穿越休伦湖

在桨手从麦基诺水道漂入休伦湖时，冬天来临了。湖水结成了冰，把桨手冻在了岸边，但附近几个镇上的男人和男孩常在棚屋中冬钓——棚屋搭在凿出洞的冰面上方，他们乘坐的雪橇无意间使桨手松脱出来。在呼啸狂风的推送下，桨手靠船底的铜片在休伦湖的冰面上滑行了好几百英里。

或许休伦湖之前从未见过在冰面滑行的小舟，但它熟悉有关独木舟的一切。曾在这片地区生活的多个印第安部落造过很多整个美国最棒的桦皮独木舟。法国人仿制了印第安人的独木舟，他们发现独木舟非常轻巧，易于搬运，在绕过急流和河狸的堤坝，或在没有水道的两湖之间运输时十分方便。甚至在今天，独木舟依然是在林中水道穿行最适宜的船。

春天来了，桨手两岁了。在比尔上的防水清漆的保护下，他的颜色依然完好，经过冰面上一冬的滑行，船底的铜片被磨得光亮如新。冰层开裂成了冰块，碎冰块裹着桨手一道向南漂去。

初夏的一天，一个坐着父亲驾驶的摩托艇的小女孩把桨手从萨吉诺湾的水中捞了出来。看了小舟上的留言后，她在"印第安纳州加里"的后方刻下了"密歇根州贝城"的字样。刻完后她打算用力一掷，让小舟下水，但她的爸爸读到"在合适的地点将我放回水中，让我继续向大海航行"这一句话后，认为圣克莱尔湖的水流太过缓慢了，应该避开。

于是，桨手舒服地坐在小女孩的腿上，穿过了休伦湖，一路向底特律驶去。

二十一 桨手抵达伊利湖

摩托艇懒洋洋地突突响着，沿圣克莱尔河行驶。密歇根州在河岸的一侧，面对着另一侧的加拿大。在经过一片片农场和一幢幢避暑的小屋后，摩托艇来到了满是淤泥的圣克莱尔湖。湖水很浅，所以不得不用发光的浮子和叮当作响的铃铛标出航道。穿过圣克莱尔湖以后，摩托艇驶入一条大河，停靠在了底特律。在那里，桨手船底的铜片上又多了一个地名。

底特律工厂林立，女孩的父亲在其中的一间工作，他把桨手带到了办公室。他的一个朋友开有一家博物馆，里面满是五大湖中各种稀奇古怪的东西，那位朋友提出要买下桨手，但女孩的父亲拒绝了。

"不行，"他说，"这件木刻是某个地方的某个人花费心思，仔细雕刻出来的。那个人相信风向和水流——也相信别人，我不会成为阻碍他的桨手驶向大海的人。"

桨手在底特律待了一个星期。一艘艘铁矿船将装载的红色铁矿卸在工厂边，工厂将把它们转化成千万辆崭新的汽车。在那一周的周末，桨手再次跟女孩和她的父亲一起上了摩托艇，但这一次是沿着底特律河行驶。一班班轮渡突突地响着，在摩托艇的前方穿行，来往于美国和加拿大之间。摩托艇驶过了郊游者的独木舟、静静的钓鱼人的划艇和播放着喧闹舞曲的客轮，将一幢幢摩天大楼甩在了身后。取代大楼的是成片的绿色田野、一处洁白整齐的湖岸护卫站，以及一座座立有灯塔的小岛。在湖岸的踪影也渐渐消失后，摩托艇停了下来。

扑通，传出一声水响。

"这里是伊利湖，划向大海的桨手，"女孩叫道，"再见，祝你好运！"

HOLLING

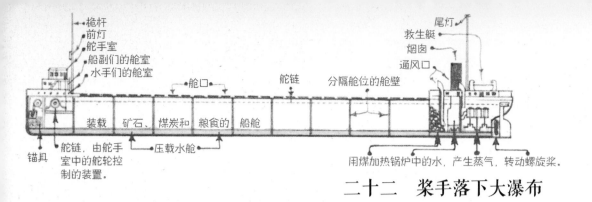

桅杆
前灯
舵手室
船副们的舱室
水手们的舱室

舱口

舱链

分隔舱位的舱壁

尾灯
救生艇
烟囱
通风口

装载 矿石、煤炭和 粮食的 船舱

锚具
舵链，由舵手室中的舵轮控制的装置。

压载水舱

用煤加热锅炉中的水，产生蒸气，转动螺旋桨。

二十二 桨手落下大瀑布

湖上货轮的简图

一座座城市排在伊利湖岸，桨手行驶在城市的明火、烟尘、热流、蒸气和商业买卖喧闹的声浪中。黑色的高塔映衬着红色的火光。轧钢厂内亮着成吨的金属炽热的白光。黑色的煤炭堆成了山，红色的矿石连成了岭。控制这一切的人们却似乎在无缘由地四下奔走，显得比蚂蚁还要渺小。到处都是船——在码头静静地卸货、装货的船；在港湾由忙忙碌碌的肥胖拖船拖行的船；在河道中鸣笛等待吊桥升起放行的船。

桨手到达纽约州布法罗的时候，他船底的铜片上已经增添了俄亥俄州的托莱多、桑达斯基和阿什塔比拉，宾夕法尼亚州的伊利，以及加拿大的科尔本港这些地名。钢铁工人、技师、工程师、水手都留了他一阵子，然后送他继续航行。刊有桨手照片的报纸随船只去了北方。怀特菲什贝的比尔见到照片后发出了满意的感叹。看见照片的马洛尼大副发出了宽慰的叹息。小女孩的父亲把照片装进相框，放在了办公室。

桨手却因为某件刺激到极点的亲身经历错过了这场新闻热潮。普通船只会取道韦兰运河，绕过尼亚加拉瀑布，而桨手没有绕道。

"妈妈！瞧！一个小人！坐在船里！"站在人群中的一个小姑娘叫道。这是一个明媚的夏日，在这样的日子里，能俯瞰大瀑布的美丽的加拿大公园里总是聚满了人。所有的人都迅速跑了过来，正好看见桨手投身越过了瀑布绿色的边缘，朝下方坠落……坠落……坠落……

44

二十三　桨手抵达安大略湖

　　大瀑布的下半段隐在水雾中，一道彩虹横跨其上。桨手穿过彩虹，继续下落。在水流汹涌和涡流搅动的声音中，桨手扎入了水下。

　　桨手驾驭过急流。对他的身形而言，加拿大林中他首次航行的那条小溪已经足够狂野了。后来，他曾在狂躁的尼皮贡河上漂流，还见识到了苏城凶猛得迫使船只绕道的急流。可是这些都不如眼前的水流湍急！三十英尺高的波浪纵身飞跃，宛如一道道流星，每一次飞跃都伴随着翻腾扭转。桨手在如同火山链的水流上高高腾起，又像潜艇下潜般深深扎入水下，好似不时乘坐着绿色的火箭猛冲向月亮一般。

　　远离瀑布后，桨手浮到了水面上，顺着尼亚加拉河翻滚而下，进入了一处旋涡，五大湖的水在那里似乎突然都想倒流。巨大的树干和树桩以使人晕眩的速度年复一年地旋转着，无法逃脱，桨手撞入了它们之中。但一天——也许是一个星期以后，他奇迹般地驶出了这处不停转动的旋涡。

　　终于，桨手漂入了安大略湖平静的湖水中。黑鸭和雪白的燕鸥仔细打量着他。好心的人们捞起了他。一个人将他捎到了多伦多，又有一个人将他带到金斯顿，穿过了千岛群岛。令人晕眩的瀑布已是往事，大海就在前方。

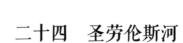

二十四　圣劳伦斯河

桨手与一位小个子的老妇人在加拿大度过了那年的冬天。那个老妇人住在蒙特利尔附近的圣劳伦斯河边，收集了不少加拿大早期的印第安人、法国人和英国人留下的稀奇小物件，桨手与那些藏品被放在了一起。一个在蒙特利尔做客的美国小男孩很喜欢听老妇人讲圣劳伦斯河的故事，在老妇人的口中，圣劳伦斯河被叫作大河。

"据说，印第安人管大河叫加拿大，"一天，老妇人讲道，"法国人把这个名字借了去，命名了这个国家，把大河的名字改成了圣劳伦斯。现在，由于开了能绕过急流的运河，不少最大型的船从千里之外的海上来到蒙特利尔。蒙特利尔现如今是一座大楼林立的城市了，但最初它只是一个贸易点。

"魁北克也是一个贸易点。看见那片用破开的树根缝起来的桦树皮了吗？那是两百年前，印第安休伦部族在大河上行驶所乘的独木舟的残片。每年春天，印第安人的独木舟都会载着许多桨手，把河狸的皮子带给那些贸易点的法国人。

"法国人勘察了大河和五大湖，尚普兰②是法属加拿大的第一任总督。大河沿岸城镇的人们直到今天依然说法语，蒙特利尔是世界上较大的法语城市。

"是的，"老妇人说，她的目光越过了眼镜的上方，"大河造就了历史，真希望我能够全部了解。这一位桨手就是从苏必利尔湖以北的山里，从大河真正的发源地来的，漂行了很长的路。等开了春，我会把他放回到水里去，让他一路去往大海。"

二十五　洋流

　　春天再度来临，枫树长出了新叶，仿佛带褶皱的花边，桨手三岁了。老妇人没有食言，她把桨手带到圣劳伦斯河边，让他再一次自由地漂走了。

　　几星期后，桨手从魁北克高耸的崖壁边驶过，进入了山区。河流变宽了，密林排在两岸，古怪的鱼类在已经有了咸味的水中游动，说着法语的渔民们捕捞着成千的长长的鳗鱼，但桨手还没有抵达大海。河流涌入了圣劳伦斯湾，这时它已变得像密歇根湖一样宽阔，而桨手遇到了潮汐。在潮水退去的六个小时里，他被搁浅在了岩石上。在其后的另外六个小时里，涌回的潮水将他冲下搁浅的岩石，推着他逆流疾行了好几英里。桨手被卷入了河流和海潮之间的争斗——一场自世界诞生以来从未休止过的争斗。

　　自此以后，桨手好几个月没有见到陆地的踪影。他搭上了墨西哥湾暖流，那是从墨西哥湾顺着北美海岸北上，并向东朝欧洲而去的一股温暖而宽阔的洋流。之后，桨手驶入了雾气和陆地灰色的阴影中——是纽芬兰。在那里，桨手遭遇了另一股洋流——拉布拉多寒流。雾气正是从北急扫而下的拉布拉多寒流在与墨西哥湾暖流相会时形成的。

　　拉布拉多寒流将数不清的鱼带到了著名的纽芬兰大浅滩，桨手从鱼群和一艘艘的渔船边漂了过去。他来到了世界上最著名的渔场。他来到了海洋！

二十六 桨手结识的新朋友

在背离大浅滩的地方，一艘装载着满舱鲜鱼的法国船正在扬帆返航。船长注意到船头附近漂着一件古怪的小东西。一个男孩跑下甲板叫道："我来捞，爸爸。"说完，他挥起长杆，长杆上用绳子绑扎着抄网。划向大海的桨手就这样在雾气蒙蒙的灰色晨光里被捞了上来。

男孩的父亲知识丰富，他擦拭着小舟底部的铜片，满怀惊叹地看着桨手漂流的路径。在儿子的旁观下，他在图上绘出了桨手漫长的旅程，可他并不知道全部，能够猜出的只是其中的一部分而已。

男孩用渔线将桨手系在了自己床铺的上方。他端详着桨手：风浪已将桨手打磨得光滑无比，第二次涂上的那一层颜料几乎已经被剥蚀干净，但桨手依然在微笑。男孩喜欢桨手的笑容，那笑容使桨手看起来见多识广。

"你漂行了很长的路，现在你在轮船上。"男孩想问，"你听见索具里的风声了吗？感觉到起伏的海浪了吗？你知道你正在穿越大洋，去往法国吗？你难道不吃惊吗？"

然而桨手始终没有显露出惊诧。四年来，他坚守着最初的信念——成为一名划向大海的桨手。此刻，他已经完成了应该完成的事，所以没有显露出惊诧，哪怕他正在穿越海洋。

二十七　在码头上

苏必利尔湖以北的尼皮贡已经开春，打着漩儿的水流边空气芬芳，带着松林和正在生长的绿色植物的清香。

三个男人站在小镇锯木厂附近的一座码头上。

"那个一无是处的导游为什么还没来！"一个男人过于精心地摸索着渔具，说道，"我可是从城里长途跋涉过来钓鳟鱼的！"

"哦，那个导游——到时候他就来了。"第二个男人——一个法裔加拿大锯木工一边说，一边不停手地割着捆报纸的细绳，"可要说到长途跋涉，你瞧见这些报纸了吗？这可是我的表亲从法国刚寄来的！好家伙，这才是真正的长途跋涉，不是吗？"说完，他点起烟斗，把报纸摊在了一个倒扣的箱子上。

"我们法裔，想念用法语写的信件啊。"他一边叹息，一边继续说了起来，却忽然顿了一下，惊叫道，"好家伙！你瞧见那个了吗？那张照片！"

"怎么了？"刚才埋怨导游的那个男人抬头问道，"哦，一个小玩具的照片。坐着小舟的小印第安人，嗯，挺可爱的。"

"可爱？这太神奇了！快看，报纸上说，这个小印第安人从尼皮贡一路漂下五大湖，漂到了圣劳伦斯湾，一艘法国渔船把他从海里捞了上来，带去了我表亲家的镇子！而且，好家伙，你知道吗？"锯木工挥舞着报纸上蹦下跳，"是我把那个小印第安人从锯子底下救出来的！以所有圣徒的名义发誓，是我！我！几年前，是我把他放回到了河里！啊！我得告诉我的小亨利！好家伙，这才是长途跋涉呢！"

站在码头上的第三个男人是一名高大壮实的印第安青年。他踩着印第安人的软帮平底鞋，从码头的另一边悄然走来，另外两个男人丝毫没有听到他的脚步声。他的目光越过锯木工的肩膀，凝望着报纸。

"你把他放回了河里，让他继续漂流？很好。他是我刻出来的。"他在转身走开时轻声说道。

54

印第安青年已经踏进了独木舟，锯木工才又开了口："那个印第安人刚才说了什么？"他把报纸放在一边，问道。

　　"没听见。"爱好钓鱼的男人答道。两个男人一同朝河中望去，但独木舟已经被不断起落的船桨推着划开了。两个男人又回到了各自重要的思绪里。

　　独木舟内，印第安青年露出了笑容。有一刻，他暂停划水，放下船桨，样子很像他自己刻出的桨手。他的心中有一首歌。歌声爬到了他的唇边，但只有微风和流水能够听见。

　　"你，小小的旅行家！你完成了漫长的旅程，探明了我依然想要探明的事，小小的旅行家！你，在小木屋中得到了与你命运相符的名字，魔力出众的小小旅行家！你是真正的桨手，划向大海的桨手！"

注释

① 英尺，英美制长度单位。1 英里等于 5280 英尺，合 1.6093 千米。
② 尚普兰（Champlain, Samuel de，1567—1635）是法国探险家，魁北克城的建立者，法属加拿大首任总督。